HOUSTON PUBLIC LIBRARY

Friends of the
Houston Public Library

LAS ARTES MARCIALES

LAS ARTES MARCIALES: TÉCNICAS

Bryant Lloyd

Traducido por
David Mallick

Rourke Publishing LLC
Vero Beach, Florida 32964

© 2003 Rourke Publishing LLC

All rights reserved. No part of this book may be reproduced or utilized in any form or by any means, electronic or mechanical including photocopying, recording or by any information storage and retrieval system without permission in writing from the publisher.

Consultant for this series: Michael T. Neil, master instructor of Korean Martial Arts; head instructor of Mike Neil's Traditional Martial Arts Centers, Batavia, IL.

EDITORIAL SERVICES:
Versal Editorial Group
www.versalgroup.com

Library of Congress Cataloging-in-Publication Data

Lloyd, Bryant. 1942-
   Las artes marciales — Técnicas / Bryant Lloyd.
      p. cm. — (Las artes marciales)
   Includes index.
   Summary: A brief introduction to the various blocks, strikes, and kicks that are part of basic martial arts technique.
   ISBN 1-58952-442-X
   1. Martial arts—Training—Juvenile literature. [1. Martial arts—Training.] I. Title II. Series: Lloyd, Bryant. 1942- Martial arts.
GV1102.7.T7L564 1998
796.8—dc21

Printed in the USA

Tabla de Contenido

Técnicas 5
El bloqueo bajo 6
El bloqueo medio 8
El bloqueo alto 11
El puño 12
La mano abierta 14
Las patadas 17
La patada hacia atrás y la
     patada circular 18
Las patadas avanzadas 20
Glosario 23
Índice 24

TÉCNICAS

Las **artes marciales** son técnicas de defensa personal en peleas o combates, de uno a uno. Casi todas las artes marciales se basan en el hábil uso de las manos, de los pies o de ambos.

Un estudiante de artes marciales debe de aprender los movimientos o técnicas del arte que elige. Cada arte marcial tiene una serie de movimientos distintos que lo hace diferente a los demás sistemas.

Las técnicas de las artes marciales pueden ser defensivas (de protección) u ofensivas (de ataque). En algunas artes marciales como el tang soo do, los bloqueos de defensa también se pueden usar para atacar.

Hasta mediados de 1960, el kung-fu fue enseñado y aprendido solamente por la gente de China.

Cada sistema de artes marciales enseña técnicas que son un poco diferentes a los demás sistemas.

El bloqueo bajo

Las técnicas generalmente incluyen bloqueos, **golpes** y patadas. Los bloqueos son defensivos en la mayoría de las artes marciales. Un bloqueo **intercepta** el golpe del oponente.

El bloque bajo de un estudiante detiene el golpe de un oponente.

Un jóven practicante de artes marciales demuestra un bloqueo bajo de frente.

Para lograr un bloqueo bajo, el practicante de artes marciales se cubre su estómago y la **ingle** con una mano. La otra mano la impulsa rápidamente hacia abajo para bloquear el golpe del oponente.

Enseguida, la mano que protege se jala hacia atrás y se hace en puño para regresar el golpe.

EL BLOQUEO MEDIO

El que se defiende protege su pecho con un bloqueo medio. La mano izquierda en puño con la palma hacia adentro, cruza el pecho hasta alcanzar el hombro derecho. La mano derecha, sostenida abajo, se alza en un movimiento de adentro hacia afuera. Este bloqueo de mano detiene el golpe de un pie o una mano de un oponente.

Mientras tanto, la mano izquierda, que ha estado protegiendo el pecho, se jala atrás hacia las costillas. Ahora está lista para regresar o **contraatacar** el golpe.

Los estudiantes practican un bloque con movimiento desde adentro hacia afuera.

El bloqueo alto

El bloqueo alto protege la cabeza del practicante de las artes marciales. Comienza como un bloqueo medio. Otra vez el brazo izquierdo cruza el pecho. La mano derecha en puño se impulsa hacia arriba, con la palma hacia afuera, de izquierda a derecha y por encima de la cabeza.

En un bloqueo alto es la parte externa del antebrazo la que bloquea, por la forma en que se alza el brazo. En el bloqueo medio, la parte interna del antebrazo recibe el golpe del oponente.

> Estados Unidos es un crisol para las artes marciales del Oriente. El karate se introdujo en Estados Unidos en 1946. Con los años, un nuevo estilo, el karate americano, se desarrolló. Más personas practican el karate ahora en Estados Unidos que en cualquier otro país.

Los estudiantes se preparan para realizar un bloqueo alto.

EL PUÑO

Varios golpes de las artes marciales utilizan la mano cerrada, comúnmente conocido como puño. Para formar correctamente un puño, un practicante de las artes marciales enrosca los cuatro dedos dentro de la palma superior de la mano. El pulgar descansa presionado contra los dos primeros nudillos de los dedos índice y medio.

La mano cerrada, o puño, es básico en la mayoría de los sistemas de las artes marciales.

El puñetazo básico es el puñetazo de frente.

Un puñetazo de frente se lanza usando los nudillos de la base de la mano para golpear al oponente. Éste es el puñetazo básico.

El puño de martillo se forma con el lado inferior del puño. El puño de martillo es un golpe hacia abajo, como un martillazo. También se puede impulsar el puño desde el pecho hacia afuera.

La mano abierta

A esta técnica frecuentemente se le llama el golpe de karateka. La mano está abierta, con los dedos extendidos. En la mano abierta, los dedos se tocan y están ligeramente flexionados. El pulgar se encuentra presionado contra la parte superior de la mano para protegerse.

La técnica de la mano abierta se usa generalmente para dar golpes en las partes blandas del cuerpo, como sería el cuello. La mano extendida es más angosta que un puño. Puede ajustar el golpe a un espacio más pequeño.

En 1964, el judo fue reconocido como deporte olímpico.

Un estudiante demuestra el ataque de adentro hacia afuera con la mano abierta. Ver el puño (izquierda) y la mano abierta (derecha).

Las patadas

Los puñetazos se usan para el combate de alcance medio. Las patadas se usan para un alcance mayor.

Los practicantes de las artes marciales aprenden varias patadas. El contacto con el oponente se hace con alguna parte del pie. Sin embargo, la fuerza de la patada viene de la cadera y de los músculos de la cintura.

La patada básica es la patada de frente. Es un golpe hacia adelante que utiliza la almohadilla de la planta del pie como punto de impacto.

Los estudiantes practican la patada de frente.

La patada hacia atrás y la patada circular

La patada hacia atrás se dirige en línea recta hacia el blanco. El practicante de las artes marciales comienza por voltear la espalda hacia el oponente y dirigirle una patada hacia atrás.

La patada circular comienza con un rápido y fuerte impulso desde la rodilla.

Un practicante de las artes marciales asesta una patada de lado a un oponente durante un combate libre.

La patada circular trae el impulso desde la rodilla. El practicante de las artes marciales se para de lado frente al oponente.

La patada circular no cuenta con el impulso que da el peso del cuerpo, como en muchas otras patadas. Para ser útil, se apoya en la velocidad.

LAS PATADAS AVANZADAS

Los practicantes de las artes marciales a nivel de maestro, por supuesto tienen mayor destreza que los de niveles básicos. Por ejemplo, sólo un maestro debería usar los dedos del pie como arma al patear.

Las patadas de salto, giro y voladoras, requieren de más habilidad del que tienen los principiantes. Estas patadas logran un mayor éxito entre los practicantes más experimentados. Cualquiera de estas técnicas es usada por un practicante de las artes marciales cuando se encuentra a cierta distancia de un atacante.

Morei Uyeshiba inició el aikido al principio del siglo XX. El aikido pone énfasis sobre la velocidad y la agilidad.

Un practicante de cinta negra experimentado asesta una patada voladora de lado, utilizada para ataques de largo alcance.

Glosario

artes marciales — los muchos sistemas de pelea o combate que usan principalmente las manos y los pies

contraatacar — regresar un golpe o atacar después de que un oponente te haya golpeado o atacado

ingle — donde se encuentran la parte inferior del abdomen y la parte interna del muslo

interceptar — la acción de otro cuando esta dirigido hacia ti

golpe — pegar, con fuerza y rapidez, con la mano, con el codo o con el pie

técnicas — los movimientos o maniobras especiales que son utilizados dentro de un sistema de artes marciales

Un practicante demuestra la posición de bloqueo con mano abierta.

ÍNDICE

antebrazo 11
bloqueos 5, 6
   alto 1
   bajo 7
   medio 8, 11
combate 5, 17, 19
dedos del pie 20
defensiva 5
golpe(s) 6, 7, 8, 11, 12, 13, 14, 17
mano abierta 14
mano(s) 5, 7, 8, 11, 12, 14
   martillo 13
ofensiva 5
patada(s) 6, 17, 18, 19, 20
pecho 8, 11, 13
peleas 5
pie(s) 5, 8, 17, 20
puñetazo 13, 17
puño 8, 11, 12, 13, 14
tang soo do 5

RECURSOS ADICIONALES

Averigua más sobre las artes marciales con estos libros y sitios de información útiles:
Armentrout, David. Martial Arts. Rourke, 1997.
Blot, Pierre. Karate for Beginners. Sterling, 1996.
Potts, Steve. Learning Martial Arts. Capstone, 1996.
American Judo and Jujitsu Federation online — http://www.ajjf.org/ajjf.html
La página web de la oficina central de Shotocan Karate International (SKIF) E.E.U.U. — http://www.csun.edu/~hbcsc302/

+ SP 796.8 L

Lloyd, Bryant, 1942-
Las artes
marciales--tecnicas

Stella Link JUV CIRC
07/05

hstex
Houston Public Library

**Friends of the
Houston Public Library**